新时代的咏唱

冯守中 著

中国出版集团
中译出版社

图书在版编目（CIP）数据

新时代的咏唱 / 冯守中著. -- 4版. -- 北京 : 中译出版社, 2020.5
ISBN 978-7-5001-6298-8

Ⅰ. ①新… Ⅱ. ①冯… Ⅲ. ①诗集－中国－当代 Ⅳ. ①I227

中国版本图书馆CIP数据核字(2020)第077782号

出版发行：中译出版社
地　　址：北京市西城区车公庄大街甲4号物华大厦6层
电　　话：（010）68005858，68358224（编辑部）
传　　真：（010）68357870
邮　　编：100044
电子邮箱：book@ctph.com.cn
网　　址：http://www.ctph.com.cn

出 版 人：张高里
责任编辑：范　伟　张若琳
封面设计：柒拾叁号工作室

排　　版：柒拾叁号工作室
印　　刷：北京顶佳世纪印刷有限公司
经　　销：新华书店

规　　格：880毫米×1230毫米　1/32
印　　张：8.875
字　　数：260千字
版　　次：2020年5月第1版
印　　次：2020年5月第1次

ISBN 978-7-5001-6298-8　　定价：46.00元

行吟诗人

高里

行吟诗人曾经是一个行当，而在我提笔给守中兄的诗集《新时代的咏唱》写序的时候，行吟诗人的形象突然出现于脑海。守中兄是一个从事土木（交通）工程的科研、设计、咨询和企业管理工作的科技工作者，由于工作的原因，他常年云游四海，足迹踏遍塞北江南、大漠极地。在国家各项基础设施建设突飞猛进的时代，他大展身手，在祖国大地留下了诸多“作品”。这是让我羡煞恨煞的一件事，都说百无一用是书生，那是特指学习社会科学的一班人，而搞理工的这些人，确是代表实实在在的硬实力；而更让我羡慕的是守中兄是一个真正的诗人，他以自由奔放的情感、超然物外的心境随感而发形诸笔墨，甚是洒脱自在。

在他这些散珠碎玉般随意吟咏的诗句中，时常让人有“文章本天成，妙句偶得之”的感慨。《尚书·尧典》讲“诗言志”，《易经》讲“言不尽意”“立象以尽意”，《论语》讲“诗可以兴，可以观，可以群，可以怨；迩之事父，远之事君，多识于鸟兽草木之名”。这些句子将人为什么需要诗歌创作做了非常精当的概括，而我以为，只有超脱于功利之外，真正发乎情、止乎礼义的诗歌创作才是人的审美需要、精神需要。

在守中兄的诗歌中，我能体会到他宽阔深厚的胸怀，细腻敏锐的情感，那种神游万里、目极八荒的感怀——月喧黑暗夜 / 日闹昼时天 / 大漠沙中柳 / 疾风意志坚(《励志（诗二首）》）；月嵌穹窿帐 / 朦胧闪夜光 / 中秋霜露降 / 遍地是菊香（《中秋月夜有感（诗四首）》）。那种铁骨柔肠、儿女情长的咏唱——茫茫云海罩河川 / 前路迢迢有阻滩 / 心启清源生曼妙 / 身飞峻壑看杜鹃（《风景——恩施游赠女儿》）；情窦初开 / 心怀百鹿青山眷 / 碧江帆点 / 空有相思念 / 雾渺云天 / 霞蔚薄皮面 / 愰腆间 / 雨淋劳燕 / 极目平沙远（《点绛唇·情窦初开》）。与守中兄把酒言欢时方知，他对文学、诗歌的喜好，得益于少年时的一位历经沧桑的师长，在那个虽清贫但晴朗而意味悠长的年代，诗和远方曾经滋润了多少少年的梦想，那颗梦想的种子如今已枝叶蔽天。

在守中兄的诗中，也随处可见他对自己职业的诗意观照——我们的人生犹如青色的橄榄 / 颠沛的生活五彩斑斓 / 架起的桥梁如长虹璀璨 / 建造的楼宇固如石磐 / 铺筑的道路金光闪闪 / 优良工程点缀着幸福与平安（《工程监理者之歌》）；对尊敬的师长——那些国家栋梁之才的吟颂——六朝日月凝精华 / 老树苍遒开春花 / 积土成山腾紫气 / 一生耕耘奋犁铧（《耄耋华韶——恭贺前辈孙钧先生 90 华诞》）；也有对社会阴暗面的针砭——在光秃秃的荒山 / 有一些人遍植傲慢与偏见(《一些人》)；叶子青了又黄了 / 当虚伪羞愤诚实 / 当洪水冲击堤岸 / 坦荡在潮湿中霉变 / 小心谨慎地走在大道上 / 仰望天空的雷鸣电闪（《叶子青了又黄了》）。其中莫不浸透着他旷达执着的人生态度，以及兼济天下的忧思。在民族复兴的伟业中，我们需要有真才实学的实干家担当大任，那些“埋头苦干的人”“拼命硬干的人”，我们既需要他们的铁肩脊梁，也需要他们的锦绣文章。

人生知己常难觅，与守中兄天各一方，偶尔聚首叙旧，在他布满风尘的身影中，在他的诗行中，我寻觅着他的心灵轨迹，满足于神交已久的喜悦。岁月如歌，不觉彼此都华发初生，但内心的豪情依旧。我愿借守中兄的《咏兰草》结束我的序言，并共勉。

咏兰草

野山荒地栖兰草，
雨露滋泽品自高。
时遇春光明媚处，
芬芳浩气冲云霄。

2020 年 4 月 14 日于北京

自序

白驹过隙，自2007年出版《蓝天下的咏唱》以来，光阴一纪，国富民强。目前，在中国崛起的大背景下，在百年未有之大变局的时代大潮中，中国人民进入了承前启后，继往开来，为民族复兴而努力奋斗的新时代。中华民族迎来了从站起来、富起来到强起来的伟大飞跃。新时代的中国将坚持以民为本的治国理念，公平正义的社会原则，继承和发扬优秀的文化，致力于走全体中国人民与世界各国人民和谐发展的道路。

诗歌是心灵的窗口，是时代的反映，十二年来，余在工作和科研之暇，常常仰望星空，思索未来，喜欢将理想、情感和对现实的思考抒发于笔端，由此形成了《新时代的咏唱》。我是一位科技工作者，是工程师、教授和企业管理者，但同时也是一位资深的诗歌爱好者。我生活在这片土地，深情地热爱着自己的祖国，忠实于国家和人民，珍视传统道德情怀，崇尚理性批判和伸张正义的人文精神。

目前，国家在发展中不断地根除旧时代遗留下的痼疾弊端，在这崭新的时代里，我国人民的生活幸福指数不断攀升，国人的脸上始终绽放着开心自信的微笑！本书根据时间线索萃集了 231 首小诗，希望这些诗歌能给读者带来美的呼唤、严肃的思考和强烈的思想共鸣。

冯守中

2019 年 11 月 12 日

新时代的咏唱

目录

目录

目录

励志（诗二首）

（一）

月喧黑暗夜，
日闹昼时天。
大漠沙中柳，
疾风意志坚。

（二）

星飞荒宇外，
不甘奏胡笳。
引领晨曦至，
蓝天绣彩霞。

二〇〇八年一月二日

皖南印象（诗五首）

（一）

白墙灰瓦俏姿容，
户户家家绿树中。
小院明堂归四水，
雕梁画栋育竹松。

（二）

雾锁青峰顶，
蝶飞馥郁田。
农忙歌号起，
祭祀敬先贤。

（三）

清溪村畔过，
碧水入人家。
遥看平波处，
青山吞晚霞。

（四）

秋高云淡释清凉，
柳漾清波菡放香。
日照稻菽颗粒满，
野山绚丽映牌坊。

（五）

星辰璀璨月如钩，
夜色朦胧洗歙州。
千古兴亡多少事，
新安江上水悠悠。

二〇〇八年十月六日

革命

干旱充盈天地
裂纹一望无际
田园里没有馥馨
葱葱郁郁被毙
千万顷泪花飞泻
茫茫原野闻鹤唳
多少希冀
凝固春色记忆

积蓄的压力
爆发一声霹雳
悠悠雨丝
滋润山青水碧
阳光辉煌共济
砸碎了粗俗卑鄙
和谐的世界里
愿景美好把心系

二〇〇九年二月二十日

宽阔的山林

这是宽阔的山林，
敞亮的心不惧闪电雷霆。
周而复始，
释放晨昕。
林间空气清新，
巨石沉默衬映，
有眼收不尽的鸟鸣，
喧闹的花香沁肺，
自由的风弹奏竖琴，
跳跃的音符新颖，
膨胀的山泉叮泠。
这是宽阔的山林，
长空飞鹰……

二〇〇九年二月二十四日

三月的江南小雨

三月的江南小雨
朦胧如烟
钻入泥土
催化枯枝吐绿芽
滋润一树桃花

三月的江南小雨
濯洗村庄的白墙青瓦
沥沥淅淅
把大地染成水墨画
就像母亲轻吻孩子的脸颊

三月的江南小雨
晶柔如少女的情丝
淋湿憧憬淋湿庄稼
融入溪水荡漾春华
一路欢畅地抒写秋天的童话

二〇〇九年三月三日

打开心窗

黑夜里打开心窗
沉沉暮色掩隐现实的景状
一片烟波茫茫泱泱
黑夜囚锁雄鹰飞翔
黑暗中游走罪恶的鼠獐
美好的祝愿堆砌城乡
湿凝的浓雾捆绑热情的目光

晨昼里打开心窗
徐徐清风送曙光
一派明媚鲜亮
瘴气在光天化日中消亡
欢乐在蓝天下飘扬
生命的生长神清气爽
极目书写精彩的文章

二〇〇九年三月九日

宁静的夜空下

宁静的夜空下
我手持陈旧的青灯
映照上下五千年
数时空里珍藏的老照片
在沧桑的年轮上
阅读古往今来的先贤

宁静的夜空下
东方的智慧如七月水莲
淡雅的清香亘古播传
放飞一只振翅的蝴蝶
翩飞中倾听翠竹拔节
一千年不改赤子的容颜

宁静的夜空下

思绪滑落窗前

点点滴滴飞溅

虔诚璀璨

二月春风剪梅园

烈马奋蹄意气扬帆

二〇〇九年三月十日

生活

曾纯洁的透明晶莹
真诚衔远山吞碧水
快乐如鸥翔大海
希望像闪耀的繁星
满眼都是金黄的麦地
菩提树下尽是虔祈的文字

恶劣的季节飞扬起沙尘
飞行中折断羽翼
大地顷刻豁裂
哭倒了万里长城
爱似雪花飘落
一枝蜡梅在风中战栗

虚伪的微笑浮肿
荒芜的田园冷漠
让枯草在霹雳中燃烧吧
忘却雨中的天地
思念埋进山崖
澎拜的激情是血色太阳

二〇〇九年八月二十日

人生辩证法

不到草原看不见风景绚烂
不入大海无法感受碧水连天
没有实践不要妄说河水的深浅
不学无术岂知快乐的源泉
风雨沐浴真知灼见
追求理想要承受生活的磨炼

不去登山不知路途艰难
不扎根土壤头重脚轻没有观点
长河奔流冲击原始狭隘
燃烧自己释放温暖
不要关闭敞开的胸怀
高山之巅可增长视线

二〇〇九年八月二十三日

中秋月夜有感（诗四首）

（一）

清辉洒夜空，
圆月烙心中。
两地相隔远，
牵思祝愿浓。

（二）

月嵌穹窿帐，
朦胧闪夜光。
中秋霜露降，
遍地是菊香。

（三）

城市展宏娉，
乡村建广庭。
天空明月亮，
皎镜映清平。

（四）

中秋明月夜，
游子寄思飞。
只影孤帆远，
心波载盼归。

二〇〇九年十月三日

庚寅初春游黄山

春寒乍峭
再游黄山
雨雾绕山腰
任凭湿气透衣潮
沿途怪石鬼斧神工雕
云海变幻送松涛
鸟飞雀鸣松鼠跃
眼收细流石涧吵
树结雾凇银枝摇
更有野花风中闹
忆少年风华正茂
峥嵘岁月不惧险道
多少柔情澎湃
迎风长啸
奋力登高
攀越莲花峰顶
极目八方远眺
景色明媚娇娆

二〇一〇年三月一日

呼伦贝尔的四季

（一）

呼伦贝尔的春天来去匆忙
江南莺飞草长
塞北白雪莽莽
早春的号角在五月吹响
山野里的杜鹃花含羞绽放
和煦的清风中布谷鸟鸣唱
天鹅起舞在湿地水泊的湖面上
雄鹰在苏醒的草原上翱翔
骏马奔腾意气昂扬
红尘滚滚中农田保墒
万紫千红春华未央
时光却悄然滑入夏日的河床

（二）

呼伦贝尔的夏季活力张扬
森林草地与额尔古纳河和谐交响
炎热的清凉在时空上流淌
蜂蝶飞舞弄花香

洁白的蒙古包点缀着牧场
天苍苍野茫茫
风吹草低见牛羊
月明星稀沁梦乡
勒勒车轮碾过蒙古人的流浪
敖包寄托着祝愿和希望
草原上的日出霞光万丈
那达慕的精彩让人豪情高涨

（三）

呼伦贝尔的秋日芬芳
人们在黑土地上收获欢畅
呼伦湖水碧波荡漾
湖鸥在水面上嬉戏飞翔
候鸟从头顶飞向南方
大兴安岭巍峨雄壮
层林焕然尽添新装
美景撩情值得永久珍藏
无边的草原被秋光染黄
枯黄的野草在秋风中摇晃
秋虫在秋霜里快乐地吟唱
有限的生命铭刻了无限的时光

（四）

呼伦贝尔的冬季漫长
白色的银海一片苍茫
清冷的寒风包裹着街头的熙攘
广袤的原野寂静荒凉
厚实的冰层囚锁着河水的激荡
生命在严酷中生长
坚硬的地面上没有娇柔浮浪
这里的人性格豪爽
真诚的心热情善良
这里的酒清醇飘香
欢乐的歌声穿透毡房
足以融化自然界的严酷寒凉

二〇一〇年四月二十日

仲秋时节登临古武当山

太行山深处的古武当
牵日挽月浑厚雄昂
云蒸霞蔚五峰相望
太极神掌遗世流芳
神猴有灵献瑞祥
老树虬劲写沧桑
传说在岁月里发酵飘香
大鹏展翅奏乐章
一路登高平视骄阳
仙风道骨莺啼清爽
俯瞰历史的硝烟过往
礼赞岩崖上生命的顽强
那被风雨雕蚀的胸膛
彰显着亿万年的磊落坦荡
豪情宽敞
犹如山菊花遍野怒放

二〇一〇年九月二十日

九华山上的叹息

2011年夏，烈日如火，余与友人游览九华，巳时，某安徽大员陪同广东官员登山，来大批警察紧急封山，休闲游人上不去下不来，喧吵声声，有感记之。

晴空万里
暑煎山林
鸟儿停止欢鸣
山路崎岖
人流密集
一路虔诚至仙境
九华山上香袅音轻
菩萨面前洗涤心灵

一串杂音
一阵紧急
忽来官员观光取经
警察清山封路忙不迭
自由的长风关闭
游人通行受阻滞
喧吵震耳遍地狼藉
九华山上一声叹息

二〇一一年八月一日

燕子河大峡谷

燕子从大别山

茂密的森林中

飞出

穿越千岩

跌宕万壑

一头扎入雄伟的豁罅

似一条白丝带

蒸云吐雾

飘系着装饰蓝天

清澈的喧哗

飞溅浪花

晶莹的绽放

春夏秋冬

流畅的臼坑石床足印迷宫

星罗棋布

饱浸沧桑

奇石怪岩尤施粉黛
延绵成无数磅礴的画卷
松竹的涛声交集日月
清亮的鸟鸣点缀山水
时光的年轮
淡雅地点燃生机华韶

二〇一一年八月十九日

水调歌头·大别山抒情

远嶂壑峰险，
禹贡有渊源。
峻峦参差，
三省天地有经年。
潇洒丰饶四季，
烽火古今逐鹿，
扼据锁喉咽。
革命红旗展，
风雨荐轩辕。

打土豪，
求真理，
不等闲。
多情浴血，
峭首霄汉改朱颜。
踏遍青山径道，
幽谷乡风无变，
处处汩清泉。
分水江淮界，
皓月写新篇。

二〇一一年八月二十日

七夕

杜鹃啼静夜，
秋雨入心怀。
人间别离去，
惆怅化梦蝶。

二〇一二年八月二十三日

日出

清晨

和风裹着露珠

雾似轻纱

袅娜曼舞在谷垭

远方的天

衔连着黛黑的山峦

丹霞烧燃地平线

双手捧出

欲滴的苞蕾

蓬勃

跃升

瞬间

一轮金色的太阳

放射出万道光芒

二〇一二年九月二十日

中秋遐思

一群白鸽在蓝天下飞翔
一缕清风在原野里徜徉
明月悬挂天幕
澎湃的生活平静地流淌
月色浓情照八方
洗涤心灵微波荡漾
和谐的晨钟湿漉漉的敲响
雨后的广厦拔节生长
文明的脚步走过沧桑
时尚的风帆涅槃城乡
仰望星辰在银河里破浪
嘲笑人间的狭隘与碰撞
当喜悦绿化了冷漠与荒凉
秋高气爽
一群白鸽在蓝天里飞翔
……

二〇一二年九月三十日

驼背的老农

守护田园

捕猎秋天

风雪严霜四季

祖祖辈辈

汗水浸润土地

火热的眸子

似一泓秋水

蒸腾

释放

心中的小鸟飞翔

粗糙的脸庞

沟坎纵横交错

精耕细作的希望

书写饱穗的庄稼

泥土雕染
佝偻的背影
伟岸
震撼
夕阳西下
朴质憨厚的
风吹落渣

二〇一二年十月八日

祭父亲

满眼迷离，叶落大地。
父亲辞世，尘弥天际。
长歌当哭，悲痛交集。
父少孤苦，乱世浪迹。
烈火浓烟，戎马枕戟。
出生入死，猎猎军旗。
南征北战，高山大溪。
忧思济民，岿然屹立。
和平时代，不倚勋绩。
复员垦荒，汗润土地。
养家糊口，自食其力。
谦廉君子，教化顽羁。
刚正不阿，铸造脊基。
稳健朴质，德孵启迪。
积善扶弱，疾恶鸣镝。
一片丹心，厚情重义。
胸襟千里，泽被后裔。
呜呼吾父，涕零敬祭！

二〇一二年十一月十二日

壬辰腊月游黄山

玉龙探海神仙飘，
雪压青松松更娇。
岩崖如镜悬千尺，
银装缀绿天梯高。

始信峰上云雾绕，
西海五彩蜡梅俏。
游人踏冰暮色晚，
光明顶上听松涛。

二〇一三年一月十五日

神龛里的耗子

——登九华山有感

蓝天下白云轻轻飞
地面上和风习习吹
山高路险草木馥蕤
庙宇楼亭轩然生威
高堂明净菩萨呈瑞
佛香缭绕晨钟振聩
高僧诵经朗朗深邃
圣洁的善愿飘播乾坤
神龛里的耗子脑满肠肥
光天化日藏污纳秽
夕阳余晖
美丽的花卉
淬火的钢刀锋锐
劈斩贪婪的耗子让人忌讳

二〇一三年三月二十六日

悲哀

——有感官员变院士

那本是珍奇的殿堂
那本是圣洁的地方
高山仰止碧水欢畅
那里百花盛开音符悦扬
每一棵草木都奇香异爽
那里空气清新
小鸟飞翔
云天泱泱
紫庭高阆
古木参天拔节清响
可庭院里蹿进了野猫
林木被糟蹋得不成模样

它猎杀硕果享受阳光
盘踞树梢
“喵喵”的叫嚣
占据净土做道场
俨然扮成林中王
上蹿下跳
移花接木长烟落瘴
层峦跌宕
仙境被搅成名利场
可怜的学者
哪里再觅神圣的殿堂？

二〇一三年三月二十七日

致友人

消沉将荒废田园
耕耘才有丰收的秋天
不在失意中回旋
放飞心中的纸鸢
临深渊
骑快马
立轩辕
人生花红破万卷
高山流水溯清源
婕妤洒人寰

二〇一三年八月二十六日

山溪

山涧清溪水势急，
岸边卉木立贞萋。
孤岩兀卧生苔藻，
裸露根虬任虾嬉。

二〇一四年一月六日

往事

朦胧的山岗
薄暮中微露月光
山巅一抹黛青
山脚团雾流浪
城市里灯火疲惫
阡陌上寂静空旷
泪与笑层次丰富
冷雨中小巷深长
蓬勃的天灰色苍茫
痛与乐被压缩珍藏
厚重的祝愿轻扬
纪念昼与夜的合唱

二〇一四年一月三日

工程监理者之歌

年年复年年，
当庆春的鞭炮还响在耳畔，
团圆的气氛刚刚点燃，
亲情尚来不及热烈地温暖，
可我们却要收拾行囊，
向远方扬帆。

年年复年年，
负载着亲人们的期盼，
为了生活的美满，
我们餐风雨走泥丸，
献青春洒热汗，
不畏曲折和艰难。

年年复年年，
我们对工作总是那样的眷念，
山高路险，
我们如小溪涓涓，
奔腾不息地流向大川，
大写出热火朝天的建设场面。

年年复年年，
我们热爱岗位的炽热不减，
团结奋斗求发展，
昂首阔步地丰富内涵，
哪怕黑发被雪染，
一片丹心壮阔波澜。

每当天边微旦，
我们已在工地上巡检，
已是繁星灿烂，
我们仍在学习与垂范，
夜静天阑，
思念亲人的潮水不禁泛滥。

每当风雨弥漫，
我们关心碎落的花瓣，
仰望银汉，
工作的责任重于泰山，
我们崇敬古老的祭坛，
祝福生命的华诞。

在冰雪严寒，
在山花烂漫，
在烈日炎炎，
在秋实馨婉，
我们奋斗在繁荣建设的田园，
努力践行着沧海变桑田。

在滨湖海滩，
在荒原天堑，
在戈壁漠岩，
在热闹的城垣，
为了河清海晏，
我们虔诚地把行为锤炼。

工程监理朴实平淡，
针对质量与安全，
从来都是竭虑眈眈，
抗腐蚀战野蛮，
淡泊清廉洗肝胆，
行云片片映山岚。

我们的人生犹如青色的橄榄，
颠沛的生活五彩斑斓，
架起的桥梁如长虹璀璨，
建造的楼宇固如石磐，
铺筑的道路金光闪闪，
优良工程点缀着幸福与平安！

二〇一四年一月十三日

霜雪澄世界

太阳在乱云里散射出光
雨点在天空飘洒逛荡
风在立体通道忽悠猖狂
天气闷热狭窄
街道热闹繁忙
雷声轰鸣华丽逞煌
丑女靓妆
魑魅魍魉唱双簧
暗涛汹涌
静默悲怆
霜雪澄世界
梧桐栖凤凰
今日的故事
是明日的河床

二〇一四年七月十八日

思乡

太阳谢幕的时空
尽情稀释膨胀的热浪
沉思纵横交错
星月如霜

天幕上的故事
如诱人的蓓蕾
寂静仿佛躁动的海洋
树影暗移生清凉

一声蝉鸣惊梦
流萤相逐落床
苦夜更深捶惆怅
曦露坠竹心飞扬

二〇一四年七月三十一日

琅琊山秋行

高天隐碧烟，
野草戏流涓。
幽径菊香重，
秋光绚麓岩。

二〇一四年十一月五日

日本定山溪温泉

茫茫苍宇降麟龙，
雪染青山暮色空。
峰壑尽披银世界，
一池碧绿浴芙蓉。

二〇一五年二月二十二日

北海道滑雪

片片雪花飞扬
不同肤色
喧闹着寂静的寒凉
五彩缤纷穿梭
搅彻周天欢畅
摔滚跌爬弹奏
刺激淹没了疼痛
汗泪升华
余音绕梁
团团喜悦徜徉
美丽阵阵释放
浸染了洁白的雪场

二〇一五年二月二十四日

咏日本羊蹄山

高耸入云天，
皑皑染嶂巅。
焉知腹内火，
终是害人间。

二〇一五年二月二十五日

辞谢日本名古屋工业大学教授张锋夫妇

跨洋览东瀛，

兄嫂献丹心。

天寒人不冷，

千山万水情。

二〇一五年二月二十六日

春游滁州西涧湖

流云疏影湖光掠，
细浪清波碧岸拍。
青黛巍峨腾紫气，
幽春暗放馥香来。

二〇一五年三月十一日

镇江怀古

大江东流去，
京口望神州。
多少兴亡事，
烽火北固楼。

斜阳照巷陌，
水榭飞蚁蝼。
英雄无觅处，
花木复枯荣。

二〇一五年四月三十日

诉衷情

——致友人

小草虽平凡
岁岁年年染绿
祖国的塞北　江南

小草虽平凡
和美的生命
烘托衬映蓝天

小草虽平凡
封沙固坝不畏霜寒
散发着馨香的五彩斑斓

小草虽平凡
迎风斗雪在高山之巅
呼啸着袅娜　伟岸

二〇一五年五月二日

老同学

双眼噙着港口与堆场
浑身透发着钢筋混凝土的味道
言行和风范
是支撑码头的根根高桩
走南闯北每一次
思念都像柳絮飞扬
人生的脚步
犹如每一项工程强夯
朴质如路边的山石
餐风露宿挥洒豪爽
濯不尽一生的谨小慎微
——老同学见面
擦亮了生锈的记忆
一腔热情呀
似波涛澎湃的长江

二〇一五年五月二日

境界

听小鸟鸣早，
弄庭院花草。
看夕阳西下，
抡明月悟道。

二〇一五年五月八日

感悟

走过万山重，

新雨洗时空。

豪情泻千里，

人生鸣黄钟。

二〇一五年五月八日

午后小憩

午后，我慵懒地
躺在阳光下
透过，闭合的眼睑
感受外面的光明

午后，我躺在阳光下
回味历越的山川秀丽
倾听，风的声音
却不时传来熙攘汽车的鸣笛

午后，空气里弥漫香艳的玫瑰
平和的气候下风云聚会
升腾，原野里红色的电闪雷鸣
垃圾污垢被暴雨冲刷洗涤

午后，热闹中的静谧
在雨后的晴空里
小憩，品尝生活的清新
放飞心灵的孤寂

二〇一五年五月三十一日

梧桐树下

幽黑的大地
初染晨曦
灰蒙蒙的天
飘下细雨
在时空的闪电中
一束玫瑰
含羞吐蕊
绽放的浓香
沁人心脾
我忘情地
拥抱湿润
在梧桐树下
满庭清新

二〇一五年六月八日

琅琊山下聚

肝胆日月照，
岂论路途遥？
琅琊山下聚，
人生回年少。

同学缘不老，
欢声笑语高。
历经风和雨，
把酒逐浪潮。

二〇一五年七月六日

水调歌头 · 琅琊山

蔚然琅琊山，

万古竞风流。

横卧江淮，

鸟语花香林木秀。

历史狼烟弥漫，

烽火屯兵聚粮，

养生修绸缪。

司马潜于此，

一战平恩仇。

东风柔，
西风烈，
越鸿沟。
人生搏击，
游子千里情不丢。
风雨洗尽铅华，
梦回福地琅琊，
幽泉酿醇酒。
但问何所有？
碧水映三秋。

二〇一五年七月六日

知音

幽默的浓烈吐蕊
真诚的清澈见底
果断如雷霆轰鸣
情怀皎洁
明月松枝
混浊炎热的季节
似露珠清凉
在嘈杂的喧哗中
却悄然升华
云涌蓝天
流水直下
世界那么大
知音有所属

二〇一五年七月十一日

崇礼行

朝发沪上暑气煎，
晚栖清凉崇礼县。
塞外山城多险峻，
千里风光一日览。

青山无语衬蓝天，
老友相逢心花绽。
真情不必常倾诉，
一轮明月照我还。

二〇一五年七月十六日

沁园春·坝上

风卷流云，
绿源生机，
极目苍莽。
峰峦起伏中，
霞蔚雾绕；
关隘秀峻，
烽火沧桑。
据守京畿，
西风猎猎，
驰骋中原占战场。
新时代，
见晴天碧日，
千里艳阳。

四省通衢接壤，
巍峨长城英姿飒爽。
大道通天去，
草木茂盛，
星辰无边，
满山牛羊。
塞外坝上，
锦绣春秋，
任性逍遥好地方。
夏无暑，
冬日瑞雪扬，
无限风光。

二〇一五年七月十八日

苏州怀古

一轮明月照金鸡，
拍岸涛声唱晚笛。
城外寒山今又是，
虎丘斜塔忆虹霓。

二〇一五年七月二十日

清江行

松生绝壁梢，
云系半山腰。
瀑布如白练，
清源脚下绕。

二〇一五年八月十二日

山村

青山戴雾纱，

日辉映红霞。

溪涧清流里，

闻声不见鸭。

二〇一五年八月十二日

风景
——恩施游赠女儿

茫茫云海罩河川，
前路迢迢有阻滩。
心启清源生曼妙，
身飞峻壑看杜鹃。

二〇一五年八月二十二日

雨中行车

天高云厚起空濛，
复往车流散射灯。
茫茫大道无出处，
薄雾环绕险象生。

二〇一五年八月二十五日

遇雨

天空聚乌云，
风雨卷飞鳞。
既是滂沱客，
何怜落役尘？

二〇一五年八月二十五日

满江红·拾掇记忆

点点滴滴，
笑谈间，
拾掇记忆。
想当年，
白米山下，
清清小溪。
一群鹧鸪低徘徊，
几行鸿雁高飞起。
寻愿景，
道路悠悠长，
迎晨曦。

沐细雨，

长知识。

享和风，

增仁智。

好年华，

羞涩春情蜜意。

相帮互学共前进，

披荆拓荒自奋犁。

山川美，

同学情谊真，

长相忆！

二〇一五年八月三十日

点绛唇·情窦初开

情窦初开，
心怀百鹿青山眷。
碧江帆点，
空有相思念。

雾渺云天，
霞蔚薄皮面。
恍腆间，
雨淋劳燕，
极目平沙远。

二〇一五年九月一日

清平乐·教师赞
——写在教师节的日子

秋高气爽，
校园园丁忙。
言传身教育儿郎，
桃李遍布八方。

春去秋来谁知？
且看硕果压枝。
今日东风劲吹，
更显青山岿巍。

二〇一五年九月十日

西江月 · 鹧鸪山

山高林密崖陡，
谷深水急滩险。
身临此境望断天，
白云随风远走。

崎岖山路难行，
日月星辰相伴。
人生何止如初见？
挥洒一腔豪情。

二〇一五年九月十五日

浪淘沙·崇礼县

塞外秋风吹，
夕阳余晖，
逶迤长城边关美。
曾经烽火人憔悴，
多少眼泪？

脚下红叶飞，
年年岁岁，
青山不老情自给。
萧瑟草木迎春雷，
尽显芳菲！

二〇一五年九月十九日

张承高速公路建设颂

阴燕绵亘排闼开，
平坦大道画里来。
蓝天白云傍路走，
张垣承德一线连。

春花秋月溪光滟，
夏风冬雪添五彩。
筑路英雄洒汗水，
雄关苍莽落阑干。

二〇一五年九月二十日

南乡子 · 又是秋风起

又是秋风起，
天高云轻落叶急。
青春时光东逝去，
往事，
回味总把真情系。

少年追梦时，
满目青山足相抵。
夜读油灯熏脸鼻！
相忆，
一轮明月挂玉壁。

二〇一五年九月二十三日

一剪梅·师恩难忘

传授知识育栋梁，
修枝剪叶，
呢喃保墒。
一年四季操心忙，
熬白双鬓，
情洒课堂。

拨云驱雾驮朝阳，
三尺讲台，
辐射芬芳。
待到翠绿染山岗，
凤鸣雁舞，
秋水波扬。

二〇一五年十月二日

渔歌子·重回沙河中学

重回母校故地游，
岁月沧桑忆沉钩。
情无限，
泪花丢，
青山巍峨碧水流。

二〇一五年十月四日

感时

天空昏暗
树影婆娑
星月下牛鬼蛇神劲舞
黑色横流
黑夜里
裸体对视
倾听疯狂
可惜了
美丽的昙花

二〇一五年十月十五日

秋夜月·哀思

秋风拂面清凉，
月如霜。
夜半遥视天宇，
锥心肠。

光阴漾，
东方亮，
泪千行。
父殁三载难忘，
哀无疆。

二〇一五年十月十六日

卜算子·昆明兄弟米线店晚餐

天幕挂明月，
人间阅春色。
热气腾腾好世界，
今宵真欢乐。

鼎沸人如潮，
欣喜入闲阁。
兄弟米线味道美，
歌舞娱食客。

二〇一五年十月二十日

寻瑶草·重阳节

游子远游，
每当重阳情弥漫。
柳拂堤岸，
心湖起雾岚。

旧时柴扉，
真情不隐掩。
秋波滟，
鬓发霜染，
父母恩如山。

二〇一五年十月二十一日

黑夜

街灯昏黄

明月清凉

寂静的夜幕

笼罩车流

光明穿梭在

道路上，被黑暗

吞噬了

黑夜的力量

捆绑绚丽

约束活力

在黑夜里

创意的激情

深耕细犁，土地

孕育思想

承载生命

二〇一五年十月二十五日

站台

人流不息
车流穿梭
从绿季到飘雪
装载着无数
酸甜苦辣的时刻
敞开的平台
尝尽千姿百态的风月
栖息雁鹊
延伸卓荦
终是没有尽头的宫阙

二〇一五年十一月二日

立冬

小雨润湿路面
时空涌流着秋凉
跨越季节的希望
总是出现在前方
落叶有故事
人生不悲伤

二〇一五年十一月八日

人生的风景

青山滴翠，
碧水泾流，
风雨遮不住江山秀。

艳日金辉，
辰星清明，
春秋书不尽人间情。

鱼翔鸥欢，
千帆竞航，
浩渺湖海翻波浪。

冰雪纷飞倾泻，
茫茫天宇浑彻，
往事湮灭。

冷暖风景写自然，
人生跋涉，
走昼日历暗夜。

心盛七彩世界，
待晴日雪融冻解，
试看美丽层叠。

二〇一五年十一月九日

这个时代

并不是春天都美丽
花开百媚千姿
路有断崖绝壁
并不是秋风都失意
吹熟果实累累
剪落黄叶飘零

天空乌云翻逸
电闪雷鸣射飞镝
原野滔滔安宁
湍缓江河流不息

东边雨打花英
西边日晒莲菂
时代仿佛依稀
白雪皑皑鸣笛

撞黄钟揭瓦砾

铲逆孳拆樊篱

袒露赤诚放飞弋

戴蓑笠采甘霖

劈荆棘塑坚毅

一腔热血写晴日

青山迤逦

古木覆蔽

旖旎四季

茁壮粟藜

走出寂静

亲吻土地

风调雨顺祈国运

清明世界浴后裔

二〇一五年十一月十七日

北京见闻

湿气寒凉
雨雾空濛
街巷里
五颜六色的伞
遮覆了天空
人的表情在伞里
不经意掩藏
路上的脚步
连同五颜六色
快速移动
听见急速的
雨点落下
感觉到心跳
和空气颤动的
声音匆忙
急促的时空
总是灰蒙蒙一片

二〇一五年十一月十九日

黑夜里撒下光点

当太阳沉下地平线
白天的喧嚣开始沉淀

白天的光
有时太强烈

心与心交换
不需要折射的光环

在黑夜里撒下光点
真实地耕种了明天

二〇一五年十一月二十一日

雪

穿越秋天的门廊
撕裂了天空
飘飘洒洒
圣洁地落向人间
伴随着寂静的音响
轻轻地
轻轻给原野穿上
洁白的衣裳
晶莹的雪花
轻扬
凛冽中轻扬
抹去夏天的浓烈
脱下秋天的盛装

落在人的脸上
落在激动的心坎上
透射出温暖的清凉
雪花轻扬
在厚实的大地上
凝聚一望无际
孵化春天的
希望河床
雪花轻扬
轻扬
穿过了秋天的门廊……

二〇一五年十一月二十三日

温室之花

花红叶翠
娇艳瑰美
空空然风雅悦目
三尺斗室尽芳菲

沉溺深闺
在赞美中陶醉
难解世间的寒暑
自慰长生不枯萎

茫茫然无所谓
飘飘然不解春晖
骄傲的不识羞愧
忘却凋零的悲催

二〇一五年十一月二十六日

问

山依旧高耸岿然
水依旧长流不断
四季花开不变
美丽的小屋依旧温暖
小屋的灯光照耀着周边
不见了你
静坐书桌前悟禅
多少个通宵达旦
思索清澈流连
轨迹早已远播
微波荡漾湖面
躯体已被尘土覆盖
轮廓隆起依稀可辨
门前的路早已焕发灿烂
坟前的枯树上
小鸟叽喳鸣叫欢快
逝去了的时光
在曾经的小屋灯下
是否还有人记忆追念

二〇一五年十一月三十日

初冬

溪光滟潋碧波清，
木染浓霜景色新。
冬日初寒风雨下，
萧萧落叶是真情。

二〇一五年十二月三日

寂静中茁壮

思念像一把剑
削减日月星辰
望断秋水少漪涟

思念像一阵风
吹散凝重的积云
清凉的炎热落地无声

敲开固结的遥望
寄托残缺的月光
思念的味道
破旧的崭新
汹涌翻腾如潮涨
是绝望的希望
雍容而坚强
在寂寞中茁壮

二〇一五年十二月五日

浮躁的生活

混凝土浩浩荡荡
调味城市的繁华
汽车蜗行
叠加着拥挤
噪声充斥着狭隘的宽敞
红绿灯演绎城市的变化
庞大的繁华
到处粉墨登场
沉浸在混浊的世界
幻想弥漫
当金钱强奸了道德
霁日彩虹
不再绚烂
偏僻的农村犬吠阵阵
白发老人踽踽独行
田野空旷
留守儿童的眼睛
噙满思念的苍凉

二〇一五年十二月六日

忆秋天

时间的光轴震荡伸延
轮回的秋风
撕裂绿原
金黄的秋光
涂染山野田园
一片片喜悦
沉静地彰显斑斓
天高云淡
雁阵向南
曾经风雨锤炼
面对不经意的霜寒
花木映禅心
山水写世界
恰如人到中年……

二〇一五年十二月七日

高铁时代

铁路的框架平行伸延
线型的列车飞射向前
坚定的轨道承载着
朗敞的方便
沉静的喧哗起伏连绵
猛烈的速度压缩着距离
拉伸了空间
飞溅出高频的节奏
星光点点
南腔北调的串联
集结了锦帛般的时间
好似空旷的天籁
温厚的苍凉衍射无边
窗外的景观平稳闪现

一束一束的力量

一遍一遍

无色地吞噬

投向远方的视线

人生悲喜繁衍

每一次旅行都是新鲜的体验

每一次经历催化生命的跃迁

崭新的过去领衔

穿越昨日的明天

四通八达的明媚灿烂

广袤的野性奔流

装饰那美丽的人间

二〇一五年十二月十一日

南京高铁站一幕

通往候车区的检票口
汇集四面涌来的嘈杂人流
自觉排列成一条盘绕的龙
陌生与熟悉参差交融
秩序完整地向前移动
一个接一个的鱼贯而入
犹如缓缓的清澈细流
构成美丽交错的追求
不知何时风吹衣袖
一位袅娜的美女急匆匆
左突右冲挤插到队伍的前头
沉稳老练的油滑封锁歉意的请求
这种时尚的行为是否是
顽固的疾瘤
四溢的粉脂香味仿佛遮掩不住
没有修养的丑陋
现代的浮躁搅乱并毒害了
古朴厚重的优秀
在这潮湿的季节里
生长着淡淡的忧愁

二〇一五年十二月十二日

云上云下

云层之上
明媚高亢
太阳谦虚地致敬
阳光投射云海
白色的波涛苍莽激昂
云层之中冷漠彷徨
一片饱满的空虚
彰扬着羸弱的强壮
冰凉的潮湿在演化中膨胀
掩饰不了低弱的顽抗
云层之下沧海茫茫
诡谲的阴沉释放
一阵阵萧条放荡
落叶飘零
生命在风雨中摇晃

二〇一五年十二月十六日

追求

山高壑深碧水流

绿原茂密

自由的风传递清新的空气

木成于林必有鸟栖

木生于坡岗

木生于溪畔

木生于平原

木生于峭壁

只有用深情拥抱大地

根植深远忘却名利

才能诠释生命的意义

二〇一五年十二月十六日

寻觅

黑夜是围城里漆黑的墙
旷野里点燃一堆篝火
我用漆黑的眼睛
能寻觅到明亮的星光
城市里点亮一片街灯
当华丽笼罩了周边
光影下的我
却看不见天幕上的繁星

二〇一五年十二月十六日

日牵月走

日牵月走
挥写苍穹
乾坤透明敞亮
四维的世界风清朗爽
太阳裹挟月亮走
湛蓝的时空涤荡尘土
美丽惺惺辉映
皎洁泛滥
倾泻着温柔的粗暴
鞭策玉阁琼楼
日月同辉苍穹
凝聚千里的激动
极目解析着
深层次的丑陋

二〇一五年十二月十九日

一片绿原

古老的田园
一抹残魂探头露尖
清风柔和地把记忆灌满
五味杂陈飞舞蹁跹
厚重的土地张开笑脸
心如快乐的飞燕
尽管潮湿在雨季漫延
却浇不灭长明的火焰
朴实坚毅
盘古开天
这是民族的性格
广袤的信念无际无边
坚强凝固成高山

尽管冬季辐射着严寒
压抑的岩浆使周身温暖
原野的菊香淡然
朝晖明丽耀眼
虔诚如澄清的甘泉
希望是沙漠中的绿原
不忘初心不辞路远
气势磅礴地挥甩长鞭
永不疲惫地创作新篇

二〇一五年十二月二十四日

多元的现代

黑夜以饱满的张力侵蚀光明
月亮害羞地播洒皎洁的柔情
灰色的美丽树影婆娑
海滨的潮汐挪动身影
朦胧的山川晃动风的声息
夜行人看见林中鸟儿的惊鸣
忘却白日清丽的场景
欢乐如同闪烁的繁星
城市的灯火灼伤视力
汽车穿梭的声音
冲破云霄敲击天庭
割裂的夜幕流淌星云
交织密布的引力
呼唤沉睡的真情
多元的现代奋起
激荡的黑夜不安宁
……

二〇一五年十二月二十五日

妄语白说

青山依旧在
碧水不再流
华丽的大厦鎏金秀
道路纵横穿梭
空间立体泅渡
疯狂的声光塞堵
片片良田建空楼
乱象文明涌暗流
城里城外晾裤兜
层层壁垒犁深沟
浮躁的枝叶写三秋
当乌云炫耀玲珑
雾霾侵蚀地球
我辈悲愤万古愁

二〇一五年十二月三十一日

祝福

寒风解开衣襟
暧昧地调戏了世界
喧嚣的阴霾挑战宁静的晴朗
从江湖到庙堂
经过霜雪的洗礼
在沉默的冷雨中守望阳光
大道之行的表达
不能漫漶记忆搁置悲伤
黑夜里高举薪火赶路
一元复始腾升着生命的期望

二〇一六年一月一日

收获

登高眺望
云海浩荡
波澜壮阔地猛烈遮挡
血色的太阳
连绵的阴雨没有方向
一片湿冷的景象
晾晒在椰子树下
天际线漂移在南方
铁幕般的山川沉重
压榨着沉睡的流浪
人间的浮华激情
尴尬地熊抱
歪歪斜斜的古老小巷
收获不平静的生活
扭曲的梦苍苍莽莽
塞满了五谷杂粮

二〇一六年一月四日

放眼世界

世界不太平
野心狼出没
狰狞的恶毒总是装扮美丽
蒙骗的暗箱总会囚锁正义
强盗的逻辑就是个人利益
当轻浮的热闹铺天盖地
畸变的良心难寻安宁
世间本应光明
但在阴暗的角落里
贪婪和自私炫秀亲密
放荡的傲慢凝结成偏见的寒冰
那黑森森的阴冷
将冻僵纯洁的心灵
不能忘记朴实的真情
当千万双枯萎的手伸向天空
不能让折射的光戳瞎我们的眼睛

二〇一六年一月六日

当我们静静地变老

月有阴晴圆缺
日有晨升暮落
放眼冬日萧瑟的枯草
试想春天的绿意蓬勃
从春天到冬日
精彩的故事絮絮叨叨
人生就像奔腾的江河
艰难的旅程中
离不开高低不平的河槽
当我们静静地变老
时光的年轮里
记载着缤纷的忧伤和欢乐
静静地变老

就像阳光在不经意变暗
鲜花在美丽中凋零飘散
但记忆不会忘却光明的存在
芬芳留在四月的蓝天
从白昼到黑夜
用平静的微笑充实驿站
让明丽的音符诠释天阑
当我们静静地变老
在闭合的大门前
猖狂的风遮挡不了锐利的视线
回忆过去的湿涝与干旱
坦承是非的评判
品味生活的浓烈和平淡

二〇一六年一月十八日

雪的遐思

一场雪
从北到南
涵盖了中国
北方习以为常
南方惊叹不已
寒冷催醒人心
很多景色穿越汉秦
也许那是深邃的未来
当混浊的聒噪
被晶莹的静谧所覆盖
雾纱般的洁白放飞遐想
兴奋的原点
迁移到现在
面对现实的原型
凛冽的风
磨洗着历史

二〇一六年一月二十七日

无语

在太阳的背影里
简单的生活麻痹了思想
不知道想要什么
面对纵横交错的路
迷茫的双眼
冻结清源的流淌
无情的风
腐蚀着华丽的衣裳
当现实揉碎美丽的梦幻
只有斑驳陆离的思念
还温热释放
面对青春的胴体
本该迈开雄壮的步伐
可燃烧的情欲
疯狂地扭曲了世界

二〇一六年一月三十日

一些人

雨打野径生雾岚
一堆乱石摆光鲜
貌似宏伟的明宇大观
遮不住旮旯里的腐霉臭酸
乱七八糟的暗河险滩
浪高流急中扯满千帆

当道德的堤坝溃坍
汹涌的黑暗蔓延
当荒唐剥去良知的衣衫
无耻遍地繁衍
有一些人慈眉善面
可内心龌龊如炭
有一些人粗俗鄙贱
本就是无情贪婪
当空浮的信仰贫寒
在光秃秃的荒山
有一些人遍植傲慢与偏见

冬日里残雪满眼

太阳依旧悬挂在蓝天

凛冽中有一枝红梅招展

……

二〇一六年二月五日

我希望

天空飘着雾霾
太阳变成血色
为什么
晶莹的河水混浊了
为什么
林中的鸟儿匿迹了
问苍天
蓝天白云去哪儿了
苍天不语
我只能睁开双眼
沿着逼仄的小路
走到心中绿色的江南
希望看到花儿劲放
希望体验河清海晏

二〇一六年二月六日

过年省亲

风雨无阻
风雪无阻
千里迢迢返乡
手提肩扛
背负着思念
赶路
赶路
这是亲情的召唤
这是心灵的归宿
一年的辛苦
一路的疲惫
到家的那一刻
浓浓的乡愁
化作暖暖的幸福

二〇一六年二月七日

咀嚼思念

咀嚼思念
风轻云淡
那年梨花开渠边
莺飞燕舞闹田园
恰如露珠沁玉盘

咀嚼思念
柳拂湖面
一片寂静泛漪涟
那天朝阳烧蓝天
月明星稀照无边

咀嚼思念

细雨连绵

朦胧云山情路远

瘦风肥花竞斑斓

绿茵千里著新篇

咀嚼思念

沧海桑田

稻禾麦浪生炊烟

渠水流入梨花间

望断归雁人难眠

二〇一六年二月十日

清晨

清晨
汽车的音贝赛过鸟鸣
太阳藏在云层里
烧红了天空的半面脸
森林里的雾气丝丝外窜
清清的河面朦胧可见
芬芳的花儿蓬勃盎然
尽管光明来临
但黑夜的记忆没有消失
那被奴役的草木
身上仍沾着潮湿的痕迹

二〇一六年二月十二日

江畔踏青

滚滚长江东逝急，
莽莽春色暖风裁。
远山冰雪无声去，
近畔幽梅攘步来。

二〇一六年三月五日

如果

如果记忆可以删除
我将深情而决绝地删除你
我喜欢俊美的山峰奔腾的江河
以及辽阔的草原
不喜欢突兀的荒漠静置的死水
以及狭窄的石谷
我们本是立体的平面
轨迹不可能重合
否则只有徒增烦恼
在立体的通道遍植鲜花
虔诚地尽到心意
那是我对交集的怀念
和对你的祝福
在冰雪满天的时候
不能奢望金黄的季节
龟缩起坚硬的外壳默默前行

海边听风
任凭潮起潮落
如果记忆可以删除
我将不舍而决绝地删除你
一身轻装
迎接暴风雨的洗礼
季节可以轮回但时光不会倒流

二〇一六年三月六日

翻越纠结的墙

越来越陌生
越来越粗糙的记忆
竟能塑造起你的眸子
风裹着尘埃
飞沙走石
一阵阵的痛
灼伤了洁白的理想
旋扬起周天飞雪
扭曲了前行的路
周边游弋着的饿狼
凄凉的嗥叫透射着凶光
在混浊的荒漠里
焦瘁地走在十字路口
听惯了胡言乱语

尽管越来越陌生
心烦的午夜昏暗
现在的景观不是初衷的期盼
但我仍是深情地热爱
你厚实的土地养育着善良
我坚定地相信
正直无私的阳光
能够剔除腐溃的肉
当公平正义的钟声在山谷回荡
茂密的森林绿意满眼
栀子花开
星辰满天
拉开月亮的弓弦
射出明天湛蓝的风帆

二〇一六年三月八日

雨夜

汽车行驶在潮湿的黑夜
两条光柱疾矢向前
穿透小雨加雪交织的幕帘
落在漆黑的路面
挡风玻璃的刮雨器左右运动
清扫出宽阔的视野
逆春寒冻蔫了青苗
有心看清前方的路
视距不如心距远
黑暗包裹着疲劳的双眼
左顾右盼的眸子明亮
恶作剧般的烦恼视而不见
温柔的戾气爆发
勒马在悬崖处擦去冷汗
用教条的冷漠对待炽烈的热情
迟早不是正确的道路

二〇一六年三月九日

春天来了

雷鸣轰响天外
闪电劈燃腐朽木
和风一群尽吹
枯草吐芽返青
寒冰消融天生暖
柳拂碧波莺唱晚
燕子翻飞景色美
艳阳天下大道直

河山葱郁一片
明月皎洁染斑斓
田野百花香
山林鸟归巢
晨钟暮鼓千禅寺
民心民愿向福年
春风一路高歌去
人间不负春风来

二〇一六年四月十五日

叶子青了又黄了

叶子青了又黄了
寒风裹挟着雪花
蜻蜓嬉飞于荷花
无数次感叹白驹过隙
人生如红烛朴素地点燃
生命静静地释放尊严

叶子青了又黄了
宽松的光阴太短
我看见
平等和自由的风景线
在古老的远方亮丽灿烂
放飞的心愿无法兑现

叶子青了又黄了
当漫天飞舞着谎言
我看见
权力的车轮飞旋
疯狂的浊流绵延
淹没了公平正义一片片

叶子青了又黄了
当虚伪羞愤诚实
当洪水冲击堤岸
坦荡在潮湿中霉变
小心谨慎地走在大道上
仰望天空的雷鸣电闪

二〇一六年五月三十日

天空

很厚的积云零乱慵散

看不透被云遮掩的天

打你却禁止你痛苦的呼喊

风吹起的尘土迷离双眼

高音喇叭激情弥漫

呼吸的空气霉变

其实海洋生育了巍峨的高山

沉默是严肃的表演

二〇一六年六月五日

窗外

窗外

晨风凌乱

大道坦然

天幕上的夜色退隐翻卷

原野里恬静地汩流清泉

枝头鸟鸣婉转

当太阳跃上山巅

湿淋淋的雾霾尽散

二〇一六年六月十三日

人生的意境

旧时雨燕
穿堂过街
唤醒一片生机
今日杨柳
风雨袅娜
映衬一湖波光
星辰飞渡天外
憔悴的暮色里闪耀璀璨
蚌孕珍珠砥砺涟
从来无怨泥沙蛮
青山何惧顽石劣
人生厚德若等闲

二〇一六年六月二十五日

白云之骚

白云之上是蓝天，
白云之下是山川。
白云悠悠真世界，
柔风细雨看人间。

二〇一六年六月二十九日

三十年如歌

风雨三十年，
真情系心间。
拳拳闯世界，
眷眷不孤单。

未觉秋声现，
华发舞白练。
殷殷如初始，
津津话明天。

二〇一六年七月十二日

赏荷

青青荷叶沐朝晖，

云影波光两相随。

秋水漪漪摇菡萏，

千姿百媚醉心扉。

二〇一六年七月十六日

偈

大形于无像，
大梦如黄粱。
持偈向西去，
莫道东风强。

孤舟摇独桨，
江海水茫茫。
明月若无意，
何必添彷徨。

二〇一六年七月二十日

丑奴儿·释道

文以载道道是道，
大道悠悠。
大道悠悠，
人间沧桑江自流。

情生愿景景非景，
小景幽幽。
小景幽幽，
天高地阔强说愁。

二〇一六年七月三十一日

赤水河畔

高山险峻石门开，
赤龙九曲翻腾来。
古驿马帮声已远，
崎岖岩道筑平坦。

千年美酒香两岸，
多少沉钩地下埋。
而今翠绿叠原野，
商幡随风添五彩。

二〇一六年八月一日

嘲笑

无聊终归无聊
浅薄难以厚道
无良的野心人
走上虚荣和狂妄的魔道
搞笑的天使
实为谎言的金钟罩
狭隘的无知者岂能济世
一群虫蛾只会扑腾着胡闹
蟊贼终是蟊贼
表演得再好
虚伪的贱骨头
只会给世人留下嘲笑

二〇一六年八月二十五日

耄耋华韶

——恭贺前辈孙钧先生90华诞

（一）

六朝日月凝精华，
老树苍遒开春花。
积土成山腾紫气，
一生耕耘奋犁铧。

（二）

谦谦君子胆气豪，
奠基学科斩魁鳌。
一代大师著风范，
耄耋春意放华韶。

（三）

三尺讲坛写春光，
鞠躬尽瘁育栋梁。
胸怀科技强国梦，
千钧雷霆震异邦。

二〇一六年九月二十四日

海口感怀

椰子树迎风招展
湿热的空气里绽放笑脸
袅娜的纤枝不懂
北方厚实的寒冷与干旱
跨越地域的浪漫
距离如冰火遥远
喜马拉雅山雄伟壮观
亿万年前曾是鱼虾的乐园
沧桑变幻
耕植理解
人呀，不要高傲的浮躁
可贵的生活是沉淀内涵

二〇一六年十月十六日

即使

即使道路不平

弱水终将流向沧海

即使雾锁巫山

那就遥想晴日的壮观

顽石能千年岿然

藤蔓生机再茂终将枯败

秋风里颠簸的夕阳

即使痛苦地落泪

也要烂漫霜天

当鸟归山林的时候

并不会漆黑一片

寂静中有清泉明月的低吟

也许他们不能互映着相伴

可即使世界冰凉

但活着的心总有温暖

二〇一六年十月二十日

为了什么

青山巍峨披霜露
浩瀚水天吞孤舟
上下筚路求索
是真理还是谬误
曾经繁华的道路
已是荒凉满目

一腔热血燃厚土
曾经的原始呐喊
撑破激流
摔落瀑布
震塌乌黑的尘垢
是希望也是进步

而今苔藓绿如初
莽莽大地掩白骨
历经了风吹雨阻
多少恩怨已复苏
忘却那急速的脚步
回味并思考夕阳的落幕

二〇一六年十一月六日

这个季节

万木霜天景致美
熙熙攘攘人憔悴
当凉风穿透人群
美丽无法阻止萧瑟的颓废
经历一场风雪
任凭哀怨锤淬
贞心写智慧
忘却恼人的寒岁
燃起造化的篝火
潇洒的温热铺筑青翠
远足的前进没有理由后退
登高的豪情不相信眼泪
……

二〇一六年十一月二十一日

海边观景

天空乌云低垂
一派黯然阴晦
小船在海湾里沉睡
远方的海面浪起鸥飞
近岸的波涛咆哮着粉碎
温柔的奇观
是白色的泡沫缠绵地后退
光影在云缝间穿行
白昼在收缩中崩溃
夜幕下的繁星无声璀汇

二〇一六年十一月二十八日

心情

又是寒风凛冽
冰封的大地坚硬
突兀的山川清冷
苍莽的原野与明月相映
高傲的霜雪参差不齐
孤独的古亭
喃喃地沉默着寂静
只见树木不见林
被荒草和落叶掩隐的小径
把厚重的历史浓缩成书信
天空中的雾霾喧闹
世界模糊不清
生命的根系在泥土里盘踞
冻胀线下柔和的土壤哟
夜以继日地顽斗疾病

二〇一六年十二月十七日

寒天见闻

天清云淡冷风吹，
旷野皑皑碎雪飞。
日昃如盔天渐晚，
无边寒气锁冰堆。

二0一六年十二月二十六日

牵忆

相隔九万里，
不了砚席情。
少小初相识，
一生互牵忆。

曾经冰雪浴，
春风回大地。
人生求吉利，
年年放玓瓅。

二〇一七年一月二十八日

清平乐·德以处事

中庸之道，
益事如羲曜。
科头箕踞雪中俏，
技勇壮怀长啸。

明博存立空间，
天晴遥望山巅。
更有百般锤炼，
好人稼穑心田。

二〇一七年二月二十六日

鹊仙桥 · 春来也

春来冬逝，
和风细雨，
原野蕴藏空旷。
新装寂静落乾坤，
瑞雪解融无声响。

远江碧日，
鸟鸣翠柳，
帆影中流波浪。
梨花一树盛开时，
共春色人间欢畅。

二〇一七年一月二十七日

卜算子·咏菊

山野或东篱，
西陆菊花艳。
别样繁华趣味浓，
不畏风霜晚。

傲骨斗严寒，
岂与谀相伴。
恰在春光烂漫时，
青影藏身段。

二〇一七年三月七日

蝶恋花·惜春

细柳袅娜花锦簇，
燕舞莺飞，
烟雨朦胧处。
姹紫嫣红关不住，
夕阳山外韶光度。

欲劝春光无自负，
长恨浮生，
望断芳菲路。
流水落花凝宿雾，
寒鸦万点栖新树。

二〇一七年三月十九日

满江红·初春登临琅琊山

壮志凌云，
凭远眺，
霞辉万道。
雾幔退，
幽谷空翠，
二月春早。
袅袅清风裁绿草，
枝枝野梅绽花苞。
暗香袭，
千尺壁崖端，
红日照。

古寺钟，

振山岙。

光阴转，

人易老。

路遥攀高去，

雪覆前哨。

松涛声声催奋进，

岩道弯弯话年少。

峰顶上，

揽碧水新装，

仰天啸！

二〇一七年三月二十一日

携女访故园

女自外洋归，

携其访故梅。

人生不忘本，

心正映清辉。

二〇一七年十二月三十一日

观月食

彩玉润乾坤，
人间见锦文。
浮云遮不住，
素月寄鲲鹏。

二〇一八年一月三十一日

卜算子·野草

朔漠气温寒，
鸟雀绝飞尽。
劲草茫然不自怜，
对月摇孤影。

霜雪毁青颜，
野地枯枝舞。
漏断更深寂静时，
盼擂春天鼓。

二〇一八年二月三日

早春

冰雪未消春已至，
软风处处剪新枝。
池塘酥雨轻烟起，
正是寒梅让柳时。

二〇一八年二月四日

忆秦娥·观雪景

飞花乱，
天昏地暗行程断。
行程断，
皑皑原野，
路途难现。

大河上下失边岸，
银装素裹繁星灿。
繁星灿，
踏出雪道，
景观无限。

二〇一八年二月五日

清平乐·早春

寒去春暖，
漏尽五更短。
沟壑山川冰雪散，
梅柳合新为伴。

邻岸青影婆娑，
风摇一簇残荷。
枯叶孤眠渐醒，
出泥尖角踏波。

二〇一八年二月十日

山坡羊·北方的冬天

北风呼啸，
艳阳高照，
寒凉蹿入怀中闹。
木也萧，
水也憔，
大街小巷难争俏，
冷气纷飞戳破袄。
昼，人迹少；
夜，更寂寥。

二〇一八年二月十二日

乡村留守老人

路途遥险锁乡关，
四季躬身种垄田。
旦暮思亲孤影远，
后人省探却茫然。

二〇一八年二月十三日

采桑子·除夕日

又闻竹炮声声响，
除去尘蛮。
紫阳千帆，
户户家家皆善安。

乡村城市曈曈日，
换上新符。
情满屠苏，
喜庆人间降夙福。

二〇一八年二月十五日

七律 · 除夕

春来寒去又一年，
不问西东过眼烟。
岁暮阴阳除弊事，
天涯霜雪净尘涓。
三山跃视极峰顶，
四海帆飞绿岸边。
把盏今夕时代好，
欢歌笑语入新元。

二〇一八年二月十五日

咏梅

蜡梅时令冷冬开，
绽放芳香向九天。
地冻天寒萌世界，
嫣红姹紫润人间。
曲枝摇曳晴空舞，
虬干迎春晚照喧。
待到霜融冰雪解，
隐消绿树百花边。

二〇一八年二月十七日

咏竹

青竹立涧边，

昼夜守山泉。

风雨折不断，

须尖破硬岩。

二〇一八年二月十八日

咏兰草

野山荒地栖兰草，
雨露滋泽品自高。
时遇春光明媚处，
芬芳浩气冲云霄。

二〇一八年二月十九日

咏春

草绿花红玄燕舞，
一年一度九春回。
纷霏烟雨朦胧里，
满目清风胜日晖。

二〇一八年二月二十二日

新时代

冬去寒风走，
春来万物新。
呢喃双飞燕，
出入紫金门。

二〇一八年二月二十三日

白石礼赞

齐叟出生穷木匠，
超出自我睨谦卑。
一生求索唯为美，
书画金石掩翠微。

二〇一八年二月二十六日

论留白

书画多留白，

人生启智才。

胸怀宁静道，

风雨不徘徊。

二〇一八年二月二十七日

春临江城

春风乘驾细丝雨，
浩荡纷飞过大江。
沥沥淅淅一夜去，
轻纱薄雾跃朝阳。

二〇一八年二月二十八日

静夜

一轮孤月照，
悄寂煦风来。
静夜更声去，
清溪没藓苔。

二〇一八年三月一日

七律·元宵节随感

元夕本是祭太阴，
诛吕安刘庆绩勋。
火树银花生美景，
灯光如昼映佳人。
东风夜伴星辰远，
玉镜明辉照古今。
雪柳鹅黄经雨水，
而今遽共忆耕耘。

二〇一八年三月二日

西安至重庆有感

东风始剪长安柳，
已是渝州遍地花。
无论人生出彩日，
寸心笃信有春华。

二〇一八年三月九日

不良世俗

重山复水涛声重，
长吏烹鱼傲世长。
自古人生须尽善，
恰如阆水入长江。

二〇一八年三月十二日

成都印象

雨打蕉叶吵吵绿，
风吹芙蓉嗞嗞香。
晴日空山黛色远，
月夜朗朗枕大江。

二〇一八年七月九日

额尔古纳湿地

水道湾湾雾气浓，
沼泽横越灌篱丛。
蜿蜒百里铺泓窈，
两岸青山舞翠茏。

二〇一八年七月二十九日

呼伦贝尔草原感怀

目送白云天际去，
碧空绿地两相怀。
微风吹乱葱茏木，
姹紫嫣红向日开。

二〇一八年七月三十日

丹东行有感

丹东山水泽毓灵，
鸭绿江清百世功。
铁骨断桥迎巨浪，
乍息往事录心中。

二〇一八年八月一日

旅经沈阳

溽暑骄阳烤盛京，
浑河滟潋水波晴。
黄沙野色埋白骨，
致敬旌旗向月明。

二〇一八年八月二日

伏夏之晨见

红花披露萼苞开，
绿树摇枝蘸墨苔。
凉爽晨风衔暖意，
赤阳驱排雾纱来。

二〇一八年八月四日

观旅顺港

碧波逐浪溅岩湾，
船舰赳赳映晓烟。
自古风云遗故垒，
韬光不语照青丹。

二〇一八年八月五日

处暑闲语

暑秋帛裂澄清虚，
新雨金风济谷隅。
云散霞高凉早晚，
赳赳午日晒西菊。

二〇一八年八月二十四日

中元前夜赏月

清清素月高，
暮色掩柴茅。
白日冗华景，
无声落夜潮。

二〇一八年八月二十五日

新秋晨咏

新秋清爽飒风扬，
静寂长空燕雀翔。
冷眼向洋观世界，
热足覆地走八方。

二〇一八年八月二十六日

老友秋聚

秋来旦暮凉，
相聚话衷肠。
追忆思年少，
觥筹醉夜光。

二〇一八年八月十五日

秋行利川

新雨裹秋凉，
空山厚雾扬。
车行峡谷道，
满眼拾清香。

二〇一八年九月二十一日

遥寄友人

松翠映君身，
君心沐我心。
遥思相惦念，
皎月照红尘。

二〇一八年九月二十三日

忆童伴

玉镜一轮海上升，
潮生潮落共清明。
遥思顽稚青梅景，
明月真情伴毕生。

二〇一八年九月二十四日

秋访东南大学九龙湖校区

日丽碧空深，

庠园梧桂真。

九龙湖毓秀，

波涌化丰粼。

二〇一八年十月五日

秋日乡游

山村野径藏，
天色放秋凉。
稻穗随风舞，
溪边鹭振翔。

蛙声传快意，
人迹踏芬芳。
明月林间照，
酒酣醉梦乡。

二〇一八年十月七日

赤壁怀古

暮色茫茫暗影稀，
江天洒雨浪波急。
红尘滚滚东流去，
缕缕秋风野草萋。

二〇一八年十月十三日

海上日出

海天一色际空开，
日月交割昼旦来。
顷刻烧霞红胜火，
粼光片片洗尘埃。

二〇一八年十月十四日

秋感

晴空向晚放红霞，
莽莽蒹葭隐鹊鸭。
五彩斑斓秋韵染，
人生自古亦无涯。

二〇一八年十月二十日

满江红 · 有感

寒夜更深，
沥淅雨，
浇淋孤叶。
昏暗处，
婆娑疏影，
梧桐萧瑟。
几许国人惊梦醒，
尽将灯火闲安灭。
凭栏眺，
直透九霄层，
风雷掣。

烟霾重，
藏村舍。
云涌动，
波光曳。
右派传谣言，
左派羞厄。
漫舞笙歌真世界，
纵横阡陌豺狼客。
从头跃，
万里彩霞迎明月。

二〇一八年十二月七日

又到成都

都江水洗秦时月，
倒映青城物象闲。
天府被泽流碧瑞，
芙蓉城下话明年。

二〇一八年十二月十二日

冬至开阳

冬至微阳景物萧，
孤风朔月细华韶。
八荒雨露桃李日，
不忘香梅舞瘦苞。

二〇一八年十二月二十二日

观竹有感

龙盘虎踞露青竹，
高矮参差簇绿芜。
雨雪纵复星月转，
芊芊玉立自流苏。

二〇一八年十二月二十九日

风雪天与家人聚餐

户外飞花乱，
入窗暖意深。
红泥炉火旺，
欢声笑语真。

二〇一八年十二月三十日

岁末于精武公园偶感

向晚苍苍凉意重，

寒风吹彻蜡梅香。

一年一度穷阴季，

远望平芜有艳阳。

二〇一八年十二月三十一日

元日

凤箫星动干阑斜，
日月无声转玉阶。
待旦庐前喧枥马，
荷锄列炬起惊蛰。

二〇一九年一月一日

遥思台湾岛

窗外微风冷，
垄墒碎雪寒。
凝神极目处，
岁月不平凡。

二〇一九年一月九日

戊戌腊月之五夜宿哈尔滨

一轮冷月九天泊，
凄凛寒风锁碧波。
白雪茫茫银世界，
孤灯伴影客独酌。

二〇一九年一月十日

过年

置新除旧又一年，
凌雪寒梅傲残尘。
岁岁此时多敬布，
盘花执酒醉人心。

二〇一九年二月五日

己亥正月初三与友人聚宴

晴云舒卷庆华筵，
种得笙歌落玉盘。
好友团圞无醉意，
一轮明月照桢楠。

二〇一九年二月七日

己亥正月初四与友人夜聚

华灯富丽迎新岁，

光焰玄泽绽夜梅。

沪上阳风辞序雪，

今宵把盏贺春归。

二〇一九年二月八日

初春

风拂残雪云层暗，
乱眼迷离草木寒。
暗夜犹生更距短，
春光游渡到人间。

二〇一九年二月十七日

仲春

鸟鸣春树风回暖，
云影天光掳去寒。
胜日无边梅萼落，
茵华绿草野山川。

二〇一九年三月十八日

鸡鸣寺赏樱

古刹鸡鸣寺，
台城绿道堤。
樱花含笑脸，
观赏正当期。

二〇一九年三月二十二日

玄武湖

曾是宫中苑，
今娱百姓家。
每当寒雪过，
堤下柳拂花。

二〇一九年三月二十三日

忆徽州

空山新雨青枝翠，
碧水蓝天两应和。
荒径春花叠漫浪，
平川有梦化清波。

二〇一九年三月二十四日

变调的世界

小鸟啁啾游飏

街道人流熙攘

拥挤的空间里

发霉的风频振门窗

撕裂了喜悦的徜徉

放眼荒秽莽莽

水草佝偻着生长

粗野不停地膨胀

欲望的火苗穿越风箱

红彤彤的烈焰惊慌

叫嚣着灼烤厚实的心房

夜幕下霓虹灯惺忪闪光
幽暗中蒸腾美梦黄粱
固执的混凝土硬朗坚强
囚锁着四通八达的宽敞
孤独静谧的蓄墒
温热的土地冰凉
太阳的风暴扰乱宇宙磁场
天空中对流轻狂
暴雨聚落在地面上流淌
白茫茫的噪声交响
奋力劈划前进的双桨

二〇一九年三月二十五日

回望泰山

暗夜微风起，
星光四野稀。
寄情佛世界，
回望泰山低。

二〇一九年五月二十八日

归乡有感

桃李之际去昆仑，
留下真情寄故人。
老大归来掩柴扉，
故乡明月洗心尘。

二〇一九年六月三日

俗世感伤

一壶美酒撩人醉，
万丈红尘礼乐崩。
仙府贤达俗世走，
沽名傍地已成风。

二〇一九年七月十八日

醉仙欢

（朋友相聚，欢乐无比，不乏一些夫妻也双双交杯痛饮，是为一群醉仙也。）

夏日流云挂碧空，
炎炎暑气叩洪钟。
临风玉树清凉雨，
比翼连枝乐筹觥。

二〇一九年八月四日

翻越天山

峻岭贯东西，
南北两迥奇。
长风吹万里，
云海镀晨曦。

二〇一九年八月九日

七律 · 祝愿
——赠女儿

（女儿准备去英国攻读博士学位，在其男朋友向其求婚之际，特赋此诗以纪念。）

晓风杨柳有经年，
大漠孤烟过眼前。
小女初成春色美，
深闺质丽赛婵娟。
而今红日西窗照，
此去蓬莱访老仙。
一路高歌求大志，
跋山涉水写新篇。

二〇一九年八月十一日

七律·致敬前辈郭陕云

云淡天高四野阔，
君心怀玉送光明。
新竹高于旧竹尾，
老叶甘低新叶层。
已是满园春色景，
更兼七彩晚霞生。
花开老树香如故，
顺水随风放雅情。

二〇一九年八月十三日

香港暴乱感怀

小雨霏霏涌浪急，
厉风淘渚毁珠玑。
夷人膻猛银光耀，
羸弱中华火焰稀。
沸地笙歌伤痛事，
排山酒肉月晖戚。
而今极目九天外，
岂忍酋髯破堰堤。

二〇一九年八月二十五日

五彩的山林

秋雨沥沥淅淅
把炎暑丝丝剥离
翠绿色的清凉漫弥
记忆淡化了发咸的长堤
晶莹的世界天青海碧
望断时空的踪迹
倾听月影疏浅横移
享受凉风习习
遥看刺破夜幕的东曦
撕碎了辽阔的静寂
当光明浸染大地
五彩的山林蓬勃神逸
……

二〇一九年九月四日

南京飞西宁途中所感

碧空遥视光华远，
座下白云点点飘。
飞跃群峰极顶处，
蹉跎千里负丹霄。

二0一九年九月八日

山塬湿气重

山塬湿气重，

秋野雨偏多。

陡见寒凉至，

晴空忆日昨。

二〇一九年九月十日

咏兰

金风送雨凉，
兰芷放清香。
本是林间草，
盆植避苦霜。

二〇一九年九月十一日

秋蝉鸣晚夕

星辰高淡远，
玉露伴晴曦。
荒野添秋韵，
田园馥郁遗。
金风放牧笛，
桃李自成蹊。
静月沉碧水，
秋蝉鸣晚夕。

二〇一九年九月十二日

七律·中秋

华灯映对碧空月，
一曲歌声冲九霄。
欲跨彩云飞四海，
肩披霜雪守曦朝。
玉笛吹裂舞烛影，
挥洒长河育桂苗。
今夜清辉人尽望，
采撷一缕寄思遥。

二〇一九年九月十三日

游洞庭湖记

雨润青螺种渚烟，
无边镜面泛漪涟。
晴空碧秀明晖艳，
俄顷云遮万里天。

二〇一九年九月十四日

秋韵

一叶传秋讯，
山风荡彩波。
不觉时令晚，
老树舞婆娑。

二〇一九年九月十五日

人心不古

风吹沙地起浮尘，
侵染禅心弃质淳。
为利夺名遗祖训，
磨刀险诈向昆仑。

二〇一九年九月二十一日

秋分杂感

辽阔高天染碧蓝，
无声秋色入山峦。
不觉已是秋分日，
俯仰生姿视野宽。

二〇一九年九月二十三日

广州吟

濒临南海粤江缘，
自古无霜橹棹喧，
绿木红花迎客笑，
天风吹海夜千眠。

二〇一九年九月二十七日

秋露

凉秋降露草茎弯，
粒粒白珠沁野山。
待到朝晖金色亮，
岚消雾散泪痕沾。

二〇一九年九月二十八日

秋种

露晞破晓夜时长，

快意收割种地忙。

播籽保墒犁耙土，

秋阳伴送好时光。

二〇一九年九月二十九日

秋夜

爽风舞弄水芦霜，
枫桕潮红稻果香。
月下秋苔滋野露，
红花零落蹑遗芳。

二〇一九年十月二日

夜游南京玄武湖有感

华灯彩焰漾清波，
杨柳依依月影拙。
只道人间生禄喜，
谁怜燕雀丧巢窝？

二〇一九年十月三日

咏秋

山风吹皱碧空蓝，
新雨更生瑟骨寒。
深绿橘黄红彩叶，
苔枝疏影舞衣宽。

二〇一九年十月五日

秋词

年年秋色年年景，
秋色年年寄世情。
本是一方霞魅地，
秋风幻化染银屏。

二〇一九年十月六日

重阳节感思

每当节令菊香醉，
正是重阳九九时。
暮叶凉云秋色重，
银霜玉露吐清思。

二〇一九年十月七日

采桑子·秋风萧瑟

秋风萧瑟云飞散，
天际孤舟。
天际孤舟，
破浪长帆迎巨流。

横空雁阵南迁徙，
跨越千沟。
跨越千沟，
极目霜天竞自由。

二〇一九年十月八日

秋晞

暮色辞天野，
飞云渡赫曦。
凉风拂夜露，
晨鸟唱邻笛。

二〇一九年十月九日

秋思

丹桂望晴空，
青山恋彩虹。
霜枫生逸事，
情暖润芙蓉。

二〇一九年十月十日

秋叶

凉风吹皱崖边水，

黄叶飘飘落碧空。

宁可逐浪随波去，

不学枝蔓战隆冬。

二〇一九年十月十五日

无题

夜深凉意重，
月暗乱云遮。
凝视昏黑处，
清宵去宿疴。

二〇一九年十月十六日

悟道

虽说主事难，
琢玉借他山。
仁者安人道，
清波载远帆。

二〇一九年十月十九日

夜行

夜暗风呼啸，
驱车路上行。
聚光融远野，
大道刺黑屏。

二〇一九年十月二十日

楚楚空中月

楚楚空中月，
柔柔放冷光。
萋萋原上草，
夜夜慕朝阳。

二〇一九年十月二十一日

广州感兴

珠江水暖鹭鸥飞，
粤海明珠沐日辉。
日日朝朝无冷雨，
浮云不厌响春雷。

二〇一九年十月二十三日

万里相隔远

南国碧树稠，
塞外已悲秋。
万里相隔远，
长风共喜忧。

二〇一九年十月二十四日

七律·大漠行

大漠无痕沙似浪，
柔风轻扫起波纹。
驼铃漫道消蚀处，
铁马金戈没世尘。
赤地金光映日月，
孤霞枯柳转星云。
虬枝劲干胡杨秀，
历事沧桑留胆魂！

二〇一九年十月二十五日

戈壁吟

遥观平野远山近，
目视飞云空碧低。
豁绰秀姿蚀化去，
秃原戈壁应羌笛。
黄沙万里无人迹，
大漠茫茫也自宜。
日落天边红胜火，
晚霞寸寸斗昏夕。

二〇一九年十月二十六日

黑睛看世间

夜阑星斗转，

搔首不觉眠。

一盏昏灯暗，

黑睛看世间。

二〇一九年十月二十七日

篱菊

篱菊本似野蓬蒿，
隐于花间不显娇。
只待寒潭飞冷月，
潮腮衔露吐妖娆。

二〇一九年十一月三日

鸟鸣深树云心静

鸟鸣深树云心静，
霜染空山落叶轻。
明月寄情遗暗影，
罡风激荡放天晴。

二〇一九年十一月九日